Beschimpfungen für Weicheier

Gesammelt von Nils Brennecke

Eichborn.

2 3 4 02 01 00

Lektorat: Dr. phil. Oliver Thomas Domzalski
Umschlaggestaltung: Oliver Schmitt,
unter Verwendung einer Illustration von Flix
Druck und Bindung: Fuldaer Verlagsagentur, Fulda
ISBN 3-8218-2135-3

Verlagsverzeichnis schickt gern:
Eichborn Verlag, Kaiserstraße 66,
D-60329 Frankfurt am Main
www.eichborn.de

Vorwort & Dank

Sind wir nicht alle tief in uns drin ein – zumindest kleines – Weichei? Spätestens beim Blättern in diesem Büchlein entdeckt sich garantiert auch *der* wieder, der meint, er sei härter als Rambo. Natürlich sind wir irgendwo, geben wir's doch einfach mal zu, Warmduscher, Verfallsdatengucker oder Muttiküsser.
Aber anmerken lassen wir es uns nicht! Weicheier sind – logisch – immer die anderen!

Und für *die* sind natürlich auch diese Beschimpfungen gedacht. Wer auf eine Weichei-Beschimpfung tatsächlich beleidigt reagiert, ist zweifelsfrei ein Sich-in-der-Öffentlichkeit-als-Weichei-Outer. Also: testen!

Beim Sammeln dieser Beschimpfungen haben mir die Härtesten meiner Freunde und Arbeitskollegen geholfen. Ihnen gilt ein dickes Dankeschön!

Dr. Detlef Brennecke, Bertel Bühring, Dr. Oliver Thomas Domzalski, Daniela Heuser, Ulrich Hirth und Andi Puhl.

Nils Brennecke
im Februar 2000

! ! ! ! ! ! ! ! ! ! ! ! ! ! ! ! ! !

A

Du ABS-Bremser

Du Achterbahn-in-der-Mitte-Sitzer

Du ADAC-Goldkarteninhaber

Du ADAC-Holer

Du Airbagnachrüster

Du Akkulicht-Radler

Du Als-Cowboy-Verkleider

Du Alles-richtig-Schreiber

! ! ! ! ! ! ! ! ! ! ! ! ! ! ! ! ! ! !

Du Altpapiersammler

Du Ampel-Grüngänger

Du Ampel-Ranroller

Du Ampeldrücker

Du An-das-Gute-im-Menschen-Glauber

Du Andy-Möller-Fan

Du Angorawäscheträger

Du Angst-im-Keller-Haber

Du Anrufbeantworteransagen-Ableser

Du Anstandsrestelasser

! ! ! ! ! ! ! ! ! ! ! ! ! ! ! ! ! ! !

Du Antibiotikaschlucker

Du Apfelschäler

Du Aspirinschlucker

Du Auch-für-Tiere-Bremser

Du Auf-jede-Email-Antworter

Du Auf-Vorfahrt-Verzichter

Du Aus-dem-Weg-Geher

Du Autobahnsicherheitsabstandseinhalter

Du Autokennzeichen-nachschwärzer

Du Automatikfahrer

Du Autoscooter-Zurückschieber

! ! ! ! ! ! ! ! ! ! ! ! ! ! ! ! ! ! !

B

Du Büroklammerverbieger

Du „Baby-an-Bord"-Aufkleber-Autofahrer

Du Babypopo-Trockenföner

Du Backofenvorheizer

Du Badekappenträger

Du Badeschlappenläufer

! ! ! ! ! ! ! ! ! ! ! ! ! ! ! ! ! !

Du Baumkuschler

Du Bausparer

Du Beate-Uhse-Neutralverpackung-Besteller

Du Beckenrandschwimmer

Du Bei-Bambi-Weiner

Du Bei-geschlossenem-Fenster-Bumser

Du Bei-Glatteis-Salz-Streuer

Du Beilagenesser

Du Beim-Selbstbefriedigen-Erwischtwerder

! ! ! ! ! ! ! ! ! ! ! ! ! ! ! ! ! !

Du Beim-Pinkeln-Vorhaut-Zurückzieher

Du Beim-Völkerball-
zuletzt-Gewählter

Du Benzinpreis-vergleicher

Du Bergaufbremser

Du Bertelsmann-Buchclub-
Mitglied

Du Betroffenheits-Schwaller

Du Beutelreis-Kocher

Du Bierwärmer

Du Biernichtleertrinker

Du Biosauna-Geher

! ! ! ! ! ! ! ! ! ! ! ! ! ! ! ! ! ! !

Du Billigtariftelefonierer

Du Birkenstockträger

Du Bis-zur-Hochzeitsnacht-Entsager

Du Bitte-Melde-Dich-Opfer

Du Blasenteetrinker

Du Blaupisten-Skifahrer

Du Bleistiftanspitzer

Du Blitzampelfotoanforderer

! ! ! ! ! ! ! ! ! ! ! ! ! ! ! ! ! ! !

Du Blümchenpflücker

Du Brezelsalzabpopler

Du Briefmarkensammler

Du Brigitte-Leser

Du Brillenentspiegler

Du Brotmaschinenbenutzer

Du Brot-ohne-Kruste-Esser

Du Brusthaarrasierer

Du Brustschwimmer

Du Bungee-mit-Seil-Springer

Du Buswinker

Du Büffetansteller

! ! ! ! ! ! ! ! ! ! ! ! ! ! ! ! ! ! !

C

Du Cabriogeschlossenfahrer

Du Campingplatz-Messner

Du Carokaffeetrinker

Du CD-Abwischer

Du Chef-in-den-Hintern-Kriecher

Du Chilliverweigerer

Du Christstollenesser

Du Clausthalertrinker

Du Cola-Light-Trinker

! ! ! ! ! ! ! ! ! ! ! ! ! ! ! ! ! !

D

Du Dackelzüchter

Du Damenradfahrer

Du Damensattelreiter

Du Dankesager

Du Dartwerfer mit Muskelkater

Du Datensicherer

Du Daumenlutscher

! ! ! ! ! ! ! ! ! ! ! ! ! ! ! ! ! ! !

Du Dem-Lehrer-
die-Tasche-Träger

Du Desktop-User

Du Deutschrockhörer

Du Diana-Verehrer

Du Diddel-Schmuser

Du Doppel-Pulli-Träger

Du Doppelluftmatratzenschläfer

Du Dosen-Jim-Beam-Trinker

Du Dr. Best-Zahnbürsten-
Verwender

Du Dreifach-Dankesager

Du Dudennachschlager

Du Dünnkaffeetrinker

Du Duschvorhang-Vorzieher

! ! ! ! ! ! ! ! ! ! ! ! ! ! ! ! ! ! !

E

Du Eierlikörtrinker

Du Eigene-Frau-Verführer

Du Ein-Herz-Für-Kinder-Haber

Du Eine-Einemark-Marken-Käufer

Du Einkaufswagenschieber

Du Einstock-Aufzugfahrer

! ! ! ! ! ! ! ! ! ! ! ! ! ! ! ! ! ! !

Du Elektrisch-Zahnbürster

Du Email-Archivierer

Du Energiesparlampenkäufer

Du Entenfütterer

Du Entlaufene-Katzen-Fahnder

Du Entschuldiger

Du Erstbeischläfer

Du Erste-Reihe-Sitzer

! ! ! ! ! ! ! ! ! ! ! ! ! ! ! ! ! !

F

Du Fahrrad-Bergaufschieber

Du Falkplanfalschfalter

Du Fallschirmbenutzer

Du Falschatmer

Du Familienfoto-auf-den-Schreibtisch-Steller

! ! ! ! ! ! ! ! ! ! ! ! ! ! ! ! ! ! !

Du F.D.P.-Wähler

Du Feinrippträger

Du Fernlichtfahrer

Du Ferreroküßchen-anbieter

Du Festnetz-Telefonierer

Du Fettnäpfchen-Treter

Du Feuchtnieser

Du Filmrißvortäuscher

Du Filterraucher

Du Fischgrätenentferner

Du Fischstäbchen-Esser

! ! ! ! ! ! ! ! ! ! ! ! ! ! ! ! ! !

Du Fitnessstudio-Probetraining-Macher

Du Flachwasserpaddler

Du Foliengriller

Du Formel-1-nicht-zuende-Fahrer

*Du Foto-von-der-Freundin-
im-Brustbeutel-Träger*

Du Fox-Tänzer

Du Frühbucher

Du Frankreich-Urlauber

Du Frauen-die-Tür-Aufhalter

! ! ! ! ! ! ! ! ! ! ! ! ! ! ! ! ! ! !

Du Frauennamen-Annehmer

Du Frauenrechtgeber

Du Frauenschuhverkäufer

Du Frauenversteher

Du Freiwilliges-Praktikum-Absolvierer

Du Freizeitalkoholiker

Du Frischluftatmer

Du Frühstück-ans-Bett-Bringer

Du Frühzubettgeher

Du Fussabtreter

Du Fußföner

! ! ! ! ! ! ! ! ! ! ! ! ! ! ! ! ! !

G

Du Gartenkräuterpflanzer

Du Gartenzaunstreicher

Du Gartenzwergaufsteller

Du Gebrauchs-anweisungsleser

Du Gehorcher

Du Geisterfahrer-Ausweicher

! ! ! ! ! ! ! ! ! ! ! ! ! ! ! ! ! ! !

Du Gelbphasenbremser

Du Geld-in-die-Parkuhr-Stecker

Du Geld-für-später-Sparer

Du Gelsattel-Radler

Du Gerissene-Gitarrenseiten-Auswechsler

Du Geschenkpapier-
wiederverwender

Du Geschirr-noch-am-selben-Tag-Spüler

! ! ! ! ! ! ! ! ! ! ! ! ! ! ! ! ! !

Du Geschwollendaherredner

Du Gesichtseincremer

Du Gesundheitsballhocker

Du Getränkumrührer

Du Gleitcremebumser

Du Goldfisch-Züchter

Du Golf-Tieferleger

Du Grippe-Vorsorgeimpfer

Du Grünerteetrinker

Du Gummibenutzer

Du Gurtanschnaller

H

Du Haare-schön-Träger

Du Haftcremebenutzer

Du Handschuh-Dieseltanker

Du "Hakle-Feucht"-Benutzer

Du Halbmaßtrinker

Du Haltbarkeitsdatumbeachter

Du Hamsterbefreier

Du Hand-in-Schritt-Halter

Du Handbuchleser

Du Hände-Eincremer

! ! ! ! ! ! ! ! ! ! ! ! ! ! ! ! ! !

Du Handschuh-Autofahrer

Du Handschuhkicker

Du Handschuhschneeballwerfer

Du Handtuchbügler

Du Handy-am-Gürtel-Träger

Du Harzurlauber

Du Hausaufgabenvergessenmelder

Du Haustierstreichler

Du Hasenzuchtvereinsvorsitzender

Du Heckeinsteiger

Du Heckscheibenheizer

Du Heilwassertrinker

Du Heimlich-BRAVO-Leser

Du Heimlich-in-Ausschnitt-Gucker

Du Heizdeckenbenutzer

! ! ! ! ! ! ! ! ! ! ! ! ! ! ! ! ! ! !

Du Hintenansteller

Du Hochbettuntenschläfer

Du Hochzeitstag-Drandenker

Du Hollandrad-Fahrer

Du Hornhautabrubbler

Du Horoskop-Fürchter

Du Horrorszenen-Wegseher

Du Hosenlatzfummler

Du Hundehaufenentsorgungs-
tütenbenutzer

Du Hähnchen-mit-Besteck-Esser

Du Hörnchentunker

I

Du Ikea-Regal-Aufbauer

Du Im-Bett-Sockenträger

Du Im-Kino-das-Filmende-
schon-vorher-Verrater

Du Im-Tanzcafe-Piccolo-Spendierer

**Du Im-Unterricht-
Melder**

! ! ! ! ! ! ! ! ! ! ! ! ! ! ! ! ! ! !

Du Immervolltanker

Du In-die-Schule-Geher

Du In-Fahrtrichtung-Sitzer

Du Innerhalb-der-Markierung-Parker

Du Insgeheimrülpser

Du Integralhelmfahrer

! ! ! ! ! ! ! ! ! ! ! ! ! ! ! ! ! !

J

Du Jeansbügler

Du Joghurt-Becher-Spüler

Du Joghurt-Vorwärmer

K

Du Kartoffelbrei-Esser

Du Käserinden-Abmacher

Du Kaffeetassenwärmer

Du „Kaffe-Hag"-Trinker

Du Kalorienzähler

Du Kantinentablett-zurücksteller

! ! ! ! ! ! ! ! ! ! ! ! ! ! ! ! ! !

Du Kariertes-Stofftaschentuch-Schneuzer

Du Karussellbremser

Du Kassenpatient

Du Kickers-Offenbach-Fan

Du Kinderbeckenstruller

Du Kindertelleresser

Du Kirchgänger

Du Kissen-in-der-Mitte-Falter

Du „Kleenex-Balsam“-Nasenputzer

Du Kletterschuh-Putzer

! ! ! ! ! ! ! ! ! ! ! ! ! ! ! ! ! ! !

Du Klobrillen-mit-Klopapier-Abdecker

Du Klobrillenrunterklapper

Du Klofrauen-Trinkgeld-Geber

Du Knöpfe-Annäher

Du Knutschfleckverdecker

Du Kofferroller

Du Kohlensäurerausschüttler

Du Kommunalwähler

Du Kommunionskerzen-Aufheber

Du Komplettlösungsspieler

Du Kondom-Benutzer

! ! ! ! ! ! ! ! ! ! ! ! ! ! ! ! ! ! !

Du Konfliktvermeider

Du Kontaktlinsen-reiniger

Du Kontoauszugsüberprüfer

Du Kopfkissenschläfer

Du Kopfweh-Jammerer

Du Kotztütenbenutzer

Du Körperlotion-Verwender

Du Kraftausdrückevermeider

Du Kriechstromelektriker

Du Kriegsdienstverweigerer

Du Kummerkasten-Pöbler

Du Kurzstreckenstrassenbahnfahrer

L

Du Länderspiel-Daumendrücker

Du „Lätta"-Esser

Du Labellobenutzer

Du Lagerfeuer-in-der-ersten-Reihe-Sitzer

Du Laternenparker

Du Laubzusammenrecher

Du Lavendelpflücker

Du Lebensplaner

Du Leepisser

! ! ! ! ! ! ! ! ! ! ! ! ! ! ! ! ! ! !

Du Leiserülpser

Du Lenkrad-Zudecker

Du Leserbriefschreiber

Du Letztes-Klopapier-Ersetzer

Du Liebesfilmflenner

Du Liebesbriefe-Schreiber

Du Lieblingsliedersortierer

Du Light-Raucher

Du Lindenblütenteetrinker

Du Linksüberholer

Du Luftmatratzen-Schwimmer

M

Du Mülltrenner

Du Mülltonnen-schon-einen-Abend-vorher-Rausschieber

Du Maßkrug-Zweihand-Stemmer

Du Medimawäscheträger

Du Meerschweinchenzüchter

Du Melonenkernrauspuler

Du Mensa-Essen-Verweigerer

Du Meßdiener

Du Migräne-Simulator

! ! ! ! ! ! ! ! ! ! ! ! ! ! ! ! ! ! !

Du Milchkaffeetrinker

Du Milchschnittenfresser

Du Mit-Blumen-Sprecher

Du Mit-Hut-Sonntags-Fahrer

Du Mit-Kuscheltier-ins-Bett-Geher

Du Mit-Lätzchen-Esser

Du Mitdabeisein-Dürfer

Du Mitdemwindpisser

Du Mittags-Zähneputzer

Du Mittelspurfahrer

Du Motivsockenträger

Du Mundduscher

Du Musikzulautfinder

Du Muttiküsser

! ! ! ! ! ! ! ! ! ! ! ! ! ! ! ! ! !

N

Du Nach-3-Bier-Kotzer

Du Nach-Beischlaf-Duscher

Du Nach-dem-Pinkeln-Händewascher

Du-Nach-dem-Weg-Frager

Du Nach-Groschen-Bücker

Du Nach-Hause-Telefonierer

! ! ! ! ! ! ! ! ! ! ! ! ! ! ! ! ! !

Du Nachträglich-zum-Geburtstag-Gratulierer

Du Nasenhaar-schneider

Du Nasskämmer

Du Neu-Rechtschreiber

Du Niederdrehzahlfahrer

Du Nina-Ruge-Möger

Du Nullpromillefahrer

Du Nußhörnchen-Besteller

O

Du Ohrenputzer

Du Oma-über-die-Strasse-Bringer

Du Operettenhörer

Du Ölwechsler

Du Oropaxträger

! ! ! ! ! ! ! ! ! ! ! ! ! ! ! ! ! !

P

Du „Palmolive"-Spüler

Du Parkscheinlöser

Du Partnerbefriediger

Du Passat-Diesel-Fahrer

Du Pauschaltourist

Du Pernod-mit-Wasser-Verdünner

Du Pfandflaschenzurückbringer

Du Pfennig-Bücker

Du Pfennige-in-„Asbach"-Flasche-Sammler

Du Pißrinnenverfehler

! ! ! ! ! ! ! ! ! ! ! ! ! ! ! ! ! ! !

Du Plastiktütenmehrfachbenutzer

Du Pointenversauer

Du Ponyreiter

Du Polizistengrüßer

Du Postkartenschreiber

Du Preisausschreibengewinn-Reisender

Du Probefahrtmacher

Du Problemfilmgucker

Du Prophylaxer

Du Prämiensparer

Du Pünktlich-aus-der-Mittagspause-Kommer

Du „PUR“-Hörer

Q

Du Querschwimmer

Du Quittenmarmeladenliebhaber

Du Quittungen-Sammler

! ! ! ! ! ! ! ! ! ! ! ! ! ! ! ! ! ! !

R

Du Rasenschoner

Du Rücksitzanschnaller

Du Rackletpfännchen-Schwenker

Du Radarfallenwarner

Du Radkappenpolierer

Du Rastplatzbenutzer

Du „Read.me"-Testleser

Du Rechts-vor-Links-Beachter

Du Rechtsfahrer

Du Regenkombi-Radler

! ! ! ! ! ! ! ! ! ! ! ! ! ! ! ! ! !

Du Regenschirmbenutzer

Du Rehstreichler

Du Reinigungsbandbenutzer

Du Rentenfonds-Investor

Du Rettungsdiskettenersteller

Du Riesenrad-Kotzer

Du Ringel-T-Shirt-Träger

Du Rohkostesser

Du Rolltreppensteher

Du Rückpaßgeber

Du Rückrufaktion-Teilnehmer

Du Rythmischer Sportgymnastiker

S

Du Safttrinker

Du Saisonkennzeichenfahrer

Du Samstags-Autoputzer

Du Saunaaufgußverweigerer

Du Saunauntensitzer

Du Schönwetterzelter

Du Schalträger

Du Schattenparker

Du Scheitelzieher

Du Schiffsschaukelbremser

! ! ! ! ! ! ! ! ! ! ! ! ! ! ! ! ! !

Du Schlafmaskenträger

Du Schlümpfe-Sammler

Du Schlüsselbundsucher

Du Schnaps-nicht-ex-Trinker

Du Schnitzeljagdverliererjammerer

Du Schnuffeltuch-Riecher

Du Schrittschwitzer

*Du Schulranzen-
auf-dem-Rücken-Träger*

Du Schulterblicker

Du Schultütendieb

Du Schuppen-von-der-Schulter-Streicher

Du Schutzbrillenschweißer

Du Schwachstrahlstruller

Du Schwarzfahrt-Beichter

! ! ! ! ! ! ! ! ! ! ! ! ! ! ! ! ! ! !

Du Schwiegersohn

Du Schwiegermutter-
Blumen-Mitbringer

Du Schwimmflügel-Aufblaser

Du Schwimmkursteilnehmer

Du Seifenbücker

Du Seit-Geburt-Nichtraucher

Du Servolenker

Du Sissy-Filme-Gucker

Du Sitzplatzanweiser (mit Taschenlampe)

Du Slipperträger

Du Sockenbügler

Du Sockenschläfer

! ! ! ! ! ! ! ! ! ! ! ! ! ! ! ! ! !

Du Sockenstopfer

Du Softballspieler

Du „Softies"-Schneuzer

Du Softeislutscher

Du Softwareentwickler

Du Solarium-Sonnenmilch-Eincremer

Du Sonnenblendenbenutzer

Du Sonnenfinsternis-Brillenaufsetzer

Du Sonnenschutzfaktor-20-Benutzer

Du Spaghettikleinschneider

Du Spiegelföner

! ! ! ! ! ! ! ! ! ! ! ! ! ! ! ! ! ! !

Du Spinnenängstler

Du Spinnen-nach-Draußen-Bringer

Du Spitzkicker

Du Spurwechselblinker

Du Stadtkind

Du Stammwähler

Du Standard-Setup-Benutzer

Du Stauumfahrer

Du Steakdurchbrater

Du Steuerzahler

Du Stilles-Wasser-Trinker

! ! ! ! ! ! ! ! ! ! ! ! ! ! ! ! ! ! !

Du Stofftierkuschler

Du Stofftiersüßfinder

Du Strafzettelsofortbezahler

Du Standheizungsbenutzer

Du Strohhalmtrinker

Du Strohsternbastler

Du Suchmaschinen-Nutzer

Du Suppe-durch-die-Nase-Läufer

Du Synchronisierte-Pornos-Gucker

Du Synonymausdenker

Du Süßfrühstücker

Du Süßweintrinker

! ! ! ! ! ! ! ! ! ! ! ! ! ! ! ! ! ! !

T

Du „T-Online"-Benutzer

Du Talkshow-Versteher

Du Tastaturabdecker

Du Taubenfütterer

Du Teebeutelschwenker

Du Teeblütensammler

! ! ! ! ! ! ! ! ! ! ! ! ! ! ! ! ! ! !

Du Telefonkartensammler

Du Teletubbies-Imitator

Du Tellerimmerleeresser

Du Tempo-30-Fahrer

Du Tempolimitbeachter

Du Teutonengrillurlauber

Du Textmarkerbenutzer

Du Thermalbader

Du Tiefkühl-Pommes-Auftauer

Du Tischreservierer

Du Todesanzeigenleser

Du Tofu-Vegetarier

! ! ! ! ! ! ! ! ! ! ! ! ! ! ! ! ! ! !

Du Toilettenfensteröffner

Du Topflappenbenutzer

Du Tortenboxer

Du Toupet-Träger

Du Traumfrau-Träumer

Du „Traumhochzeit"-Mitheuler

Du Treuepunktesammler

Du Trinkgeldgeber

Du Trockenpupser

Du Trockenrasierer

Du Tuning-Mofa-Fahrer

Du Tupper-Party-Gastgeber

Du Turnbeutelvergesser

Du Tütenweintrinker

Du TÜV-Geher

! ! ! ! ! ! ! ! ! ! ! ! ! ! ! ! ! !

U

Du Umkleidekabinen-benutzer

Du Untenlieger

Du Unterhemdträger

Du Umweltschoner

! ! ! ! ! ! ! ! ! ! ! ! ! ! ! ! ! !

Du Unterhosen-wechsler

Du Unterlagenzelter

Du Unterwäschebügler

Du Urin-Mittelstrahlmesser

Du Urlaubs-alkoholkonsumschnitt-drücker

Du Urlaubskartenschreiber

Du Urlaubsortwiederholer

! ! ! ! ! ! ! ! ! ! ! ! ! ! ! ! ! !

V

Du Verfallsdaten-gucker

Du Versandhaus-Besteller

Du Viagra-Schlucker

Du Vignettenkäufer

Du Virenscanner-Benutzer

Du Vitamintabletten-Auflöser

! ! ! ! ! ! ! ! ! ! ! ! ! ! ! ! ! ! !

Du Volkshochschulkurs-Teilnehmer

Du Vollbart-Sozialpädagoge

Du Vorabend-Einchecker

Du Vorfahrt-Beachter

Du Vorspieler

Du Vorwärtseinparker

! ! ! ! ! ! ! ! ! ! ! ! ! ! ! ! ! !

W

Du Wärmflaschenfüller

Du Wachturmverkäufer

Du Wangenküßchengeber

Du Warmduscher

Du Warmmilchtrinker

Du Warmwassersynchronschwimmer

Du Warteschlangennörgler

! ! ! ! ! ! ! ! ! ! ! ! ! ! ! ! ! ! !

Du Wechselgeld-Nachzähler

Du Wegen-jedem-Mist-Anrufer

Du Weichei-Beschimpfungs-Vorschläger

Du Weichspülerbenutzer

Du Weihnachtsliedersinger

Du Weintrauben-entkerner

Du Weiß-und-Buntwäschesortierer

Du Weißbrotesser

Du Wenn-die-Fussballmannschaft-verloren-hat-Heuler

Du Werbungwegzapper

! ! ! ! ! ! ! ! ! ! ! ! ! ! ! ! ! !

Du Wettervorhersagenleser

Du Wettkampf-Kegler

Du „Wie-war-ich?"-Nachfrager

Du Windschattenfahrer

Du Winterreifenaufzieher

Du Witzeaufschreiber

Du Wolfgang-Petry-Fan

Du Wollsockenträger

Du Wollunterhosenträger

Du Wunschkennzeichenfahrer

Du Wurstpellenabmacher

Du Wäsche-zu-Mami-Bringer

! ! ! ! ! ! ! ! ! ! ! ! ! ! ! ! ! ! !

Z

Du Zahnarzt-Spritzenbettler

Du Zahnpastatubenrest-Ausdrücker

Du Zahnseide-Verwender

Du Zebrastreifenbenutzer

Du Zebrastreifen-bremser

Du Zehenzwischenraumtrockner

! ! ! ! ! ! ! ! ! ! ! ! ! ! ! ! ! !

Du Zeitungsfalter

Du Zeltheizer

Du Zentralheizungs-Wohnungsmieter

Du Zentralverriegler

Du Zufrühkommer

Du Zweimal-mit-der-
selben-Frau-Schläfer

Du Zwiebelschneid-
Flenner

Du Zündschlüssel-
abzieher